Manju et les samouraïs

Jennifer Dalrymple est née en 1966 à San Francisco, aux États-Unis, mais aujourd'hui elle vit en France. Elle est auteur et illustratrice depuis 1990. Elle écrit essentiellement pour l'École des Loisirs et Bayard Jeunesse.

Du même auteur dans Bayard Poche :

Trois rollers pour deux - Joyeux anniversaire ! - L'ami sauvage (J'aime lire)

François Place est né en 1957 à Ézanville, dans le Val d'Oise. Il dessine depuis tout petit et a fait ses études à l'École Estienne. Il a commencé par travailler dans l'audiovisuel et la publicité, avant d'illustrer son premier livre pour enfants en 1983. Depuis, il est l'illustrateur, mais aussi l'auteur de nombreux ouvrages, publiés notamment aux éditions Casterman et Gallimard jeunesse.

Dépôt légal : mai 2008
ISBN 978-2-7470-2569-0
Loi du 16 juillet 1949 sur les publications destinées à la jeunesse

Manju et les samouraïs

Une histoire écrite par Jennifer Dalrymple
illustrée par François Place

J'AIME LIRE
BAYARD POCHE

1
La nuit du voleur

Profitant de la nuit sans lune, Manju se faufila vers le petit convoi de chariots abrité sous des arbres. Le garçon scruta l'obscurité puis il se glissa dans le plus riche des chariots. Sur une banquette, une noble dame dormait, tenant dans ses bras un bébé.

Dame Otsu, l'épouse du Daimyo*, et son équipage se rendaient à la demeure d'été du seigneur. Le voyage était long, et leur sommeil, profond.

* Daimyos : dans le Japon ancien, des seigneurs qui gouvernaient les régions.

Sans un bruit, Manju glissa vite dans son sac un vase, des bols, des baguettes d'ébène et quelques vêtements brodés. Puis son regard fut attiré par le bracelet d'or attaché au poignet du bébé. C'était un objet de grande valeur.

Mais à peine Manju eut-il frôlé le bébé que sa mère ouvrit les yeux, vit l'intrus et poussa un cri. À son tour, le bébé se mit à hurler. Manju bondit hors du chariot, mais… trop tard.

Manju fut attrapé en plein vol par un jeune samouraï à la mine féroce. Celui-ci gronda de surprise lorsqu'il découvrit que le voleur avait à peine dix ans.

Le samouraï fit de plates excuses à dame Otsu, puis il emporta le garçon sous son bras.

Assis devant un feu de camp, un autre samouraï, bien plus âgé, buvait du thé.

Le vieux samouraï demanda au plus jeune :

– Quel vilain mulot me ramènes-tu là, Akira ?

Akira lâcha le petit voleur, qui roula sur le sol. Puis Akira s'assit près du feu et, à son tour, se servit du thé.

– Explique-moi, Hasegawa, dit le jeune samouraï, comment ce vaurien a pu réussir à pénétrer dans le chariot de dame Otsu ?

– Tu dormais, répondit le vieux samouraï.

Manju, lui, ne savait que faire. Peut-être pourrait-il attendrir les deux samouraïs en leur racontant sa terrible existence : la guerre, ses parents morts, la misère et comment il volait pour survivre… Peut-être les samouraïs auraient-ils pitié de lui ?

Manju tenta de se relever, mais d'un coup de pied, Akira le renvoya dans la poussière. Cette fois, c'en était trop pour Manju. Il se redressa d'un bond et, le visage grimaçant, il fit de grands moulinets avec les bras.

Akira fut surpris, mais il continua de parler à son compagnon :

– Par l'honneur, je n'en reviens pas, jamais je ne dors, ni de jour ni de nuit… ou si je dors, c'est les yeux grand ouverts.

Manju restait figé dans sa position de défi. Mais ses jambes se mirent à trembler et ses yeux à larmoyer. Finalement, Hasegawa mit un terme à son calvaire en le flanquant par terre encore une fois. Puis il s'adressa à son compagnon :

– Admets-le, si ce garçon t'est passé sous le nez, c'est peut-être aussi qu'il a du talent…

Manju réalisa soudain que les deux samouraïs ne lui voulaient pas de mal, ils voulaient juste lui donner une leçon. Alors, il s'agenouilla devant les deux hommes :

– Donnez-moi ma chance, et je saurai vous prouver ma valeur.

– Doucement, petit ! s'amusa le jeune samouraï. Je vais te donner une chance, celle de te remplir l'estomac.

Akira lui tendit des boulettes de riz :

– Quel est ton nom ?

– Man… Manju.

Le jeune samouraï avait presque un sourire, mais Manju restait méfiant.

– Mange, lui dit Akira.

Manju hésita un instant puis il dévora la nourriture.

2
Pris au piège

Le lendemain matin, la caravane de dame Otsu reprit la route. Au fond de lui, Manju espérait trouver protection auprès des samouraïs. Aussi, lorsque Akira lui proposa de marcher à côté de son cheval, il accepta joyeusement.

– Tu me rappelles le petit garçon que j'ai été, dit Akira, pas plus épais qu'une sauterelle et fier comme un petit coq.

Akira poursuivit :

– Mais, moi, j'ai eu la chance qu'Hasegawa me prenne sous sa protection, et je suis devenu un samouraï !

Hasegawa souriait, mais il restait silencieux. La petite troupe devait s'engager dans un défilé, après quoi elle serait presque arrivée. Cela faisait huit jours qu'ils marchaient et tous étaient impatients de se reposer... Mais, au moment où ils allaient sortir de l'étroit passage, un filet immense tomba du ciel, recouvrant les cavaliers et les chariots. La caravane était prisonnière d'un piège de cordes !

– Abrite-toi ! ordonna Akira à Manju en sautant de sa monture.

Le garçon fila aussitôt se cacher derrière un rocher.

En haut des falaises apparurent des hommes. Ils étaient en guenilles et brandissaient des pierres. L'un d'eux fit un signal, et les pierres s'écrasèrent, comme une pluie terrible, sur la troupe impuissante.

Du haut de la falaise, une voix retentit :

– Donnez-nous vos habits, vos bijoux, votre or, et nous vous laisserons aller !

Manju se tassa derrière le rocher. Lui ne possédait que sa vie, mais il y tenait.

Les kimonos de soie, les colliers de perles et tous les autres objets de valeur s'empilèrent sur le toit des chariots.

Trois brigands descendirent à l'aide de cordes et s'avancèrent vers les chariots, piétinant les chevaux et les cavaliers prisonniers du filet.

Fou de rage, Akira tentait de se libérer, mais plus il se débattait, plus il s'empêtrait dans les mailles du filet.

Le butin fut mis dans des paniers et remonté avec des cordes. L'attaque n'avait duré que quelques minutes.

– Repartons, maintenant ! ordonna la voix du haut de la falaise.

Manju se sentit soulagé. Mais, soudain, depuis le grand chariot, un hurlement déchirant retentit. C'était dame Otsu : un des brigands emportait son bébé !

Les trois pillards empoignèrent les cordes et, emportant leur butin, ils retournèrent vers leurs compagnons.

3
L'aigle et l'hirondelle

Les servantes prirent soin de leur dame tandis que la petite troupe retrouvait peu à peu ses esprits. Manju, lui, se sentait perdu. Il avait à peine trouvé de nouveaux compagnons que c'était déjà le chaos ! Il tenta maladroitement de se rendre utile auprès des samouraïs.

– Vous voulez du thé ? À manger ?

Akira ne répondit pas, il était blessé, et le sang collait à ses vêtements. Manju courut chercher une bassine d'eau et découpa des compresses pour panser les plaies.

– Quelle humiliation ! dit enfin Akira. Je sens encore leurs pieds qui marchent sur ma figure !

Les samouraïs nettoyèrent leurs armes et se rhabillèrent avec soin. De toute évidence, ils se préparaient au combat.

N'y tenant plus, Manju leur demanda :

– Vous allez partir ?

Hasegawa fit « oui » de la tête.

– Vous allez rechercher le bébé ?

Hasegawa fit « oui » de nouveau.

Manju se sentit abandonné. Il se tourna vers Akira, mais le jeune samouraï ne lui accorda aucun regard.

– Et dame Otsu ? continua Manju.

Hasegawa monta en selle :

– Dame Otsu et ses servantes sont presque arrivées à destination. Quant à toi, tu es libre de repartir.

Manju s'approcha du cheval d'Akira :

– Laisse-moi t'accompagner ! supplia-t-il. Tu as épargné ma vie, je ne suis pas qu'un va-nu-pieds, pour te remercier je peux te servir !

Le samouraï ne baissa même pas les yeux vers Manju. Il tira sur les rênes pour se dégager :

– Tu ne me dois rien, dit-il. J'ai une mission à accomplir. Si tu viens, tu seras dans nos pattes.

Hasegawa s'adressa alors à Akira :

– L'aigle vole haut, mais l'hirondelle se faufile dans la moindre fissure. Je pense que les talents de ce jeune voleur pourraient nous être utiles...

Akira grogna, mais le vieux samouraï fit signe au garçon de grimper derrière lui. Manju bondit aussitôt sur le cheval d'Hasegawa.

4
Sur la piste des brigands

Les samouraïs trouvèrent un sentier pour atteindre le haut de la falaise, d'où était partie l'attaque. De nombreuses traces marquaient le sol, et les samouraïs se lancèrent à la poursuite des brigands sans trop de difficultés.

Plus loin, les brigands avaient bien essayé d'effacer leur piste, mais Hasegawa savait repérer une branche cassée, une pierre déplacée, et il finissait toujours par retrouver les empreintes. Les brigands avaient traversé des rivières et des passages rocheux.

Soudain, il n'y eut plus de marques. Devant les samouraïs s'étendait une prairie sans fin.

Hasegawa avait beau observer chaque brin d'herbe, renifler le vent et sonder l'horizon, il ne trouvait plus trace des brigands.

– Ils n'ont pas pu aller très loin, dit Akira. Le bébé est encore tout petit, il ne se nourrira pas de pâte de haricots. Il faudra bien que ces brigands de malheur trouvent une vache ou une nourrice pour avoir du lait.

Les samouraïs étaient dépités, mais le soir tombait. Ils décidèrent de reprendre des forces et d'attendre le lendemain matin avant de poursuivre leurs recherches.

5
Le plan d'attaque

Lorsque le jour se leva, la brume recouvrait la prairie. Alors que les deux samouraïs semblaient dormir encore, Manju s'éloigna pour trouver un petit coin tranquille où faire ses besoins. L'endroit n'était pas très attirant : la paroi abrupte de la montagne n'était bordée que de petits buissons touffus.

Manju baissa culotte entre les buissons. Un petit écureuil, dérangé par le garçon, disparut dans les rochers. Manju fut bien surpris. Il songea tout haut :

– D'habitude... les écureuils vivent dans les arbres !

Sa besogne achevée, Manju se mit à fouiller les alentours. Et c'est ainsi qu'il découvrit un passage qui s'ouvrait dans la roche.

Du fond de son cœur, Manju remercia l'écureuil. Peut-être ce passage menait-il au repaire des bandits ?

En bondissant joyeusement, le garçon alla annoncer sa découverte aux samouraïs.

– Mais bien sûr ! dit Hasegawa. Ceci explique pourquoi les traces ont disparu avant la prairie. Bravo, Manju ! tu es un fin observateur.

Akira félicita aussi Manju, qui se sentit revivre. Les samouraïs se mirent aussitôt à élaborer leur plan d'attaque. Leur stratégie était fort simple : surprendre les brigands, les massacrer jusqu'au dernier et récupérer le bébé sain et sauf.

– Et moi ? demanda Manju d'une petite voix.

– Cette fois, dit Akira, tu ne peux pas venir avec nous.

Manju chercha le regard d'Hasegawa, mais le vieux samouraï fut d'accord avec Akira :

– Manju, tu as déjà prouvé ta valeur. Maintenant, tu vas nous attendre avec les chevaux.

Sans rien ajouter, ils préparèrent leurs armes et se glissèrent dans le passage.

Manju fit la moue, il n'aimait pas être mis à l'écart. Moins de trois minutes plus tard, sans bruit, il se faufila à la suite des samouraïs.

Le tunnel, court et bas, débouchait de l'autre côté de la falaise. Là, Manju fut émerveillé par ce qu'il découvrit : la falaise était en fait la paroi externe d'un volcan éteint. À l'intérieur du volcan avait poussé une forêt luxuriante. Si les brigands s'étaient cachés là, ils étaient certains d'être bien à l'abri.

Soudain, Manju entendit des cris provenant du cœur de la forêt. Il se mit à courir à toute vitesse jusqu'à une clairière où il aperçut des huttes. Manju se tassa derrière un buisson pour observer.

Il vit des hommes armés, furieux. Face à eux se tenait Akira, seul, brandissant ses deux épées immenses. Deux brigands s'élancèrent sur le samouraï. Mais Akira les transperça d'un seul geste. Les deux hommes retombèrent sans vie sur le sol. Manju sentit son ventre se serrer.

Les autres brigands eurent un mouvement de recul, mais de nombreux hommes sortirent des huttes, brandissant des piques, des haches et des broches en fer. Près d'une vingtaine de brigands cernaient maintenant Akira.

« Mais que fait Hasegawa ? » se demanda Manju, très inquiet.

Comme pour répondre à sa question, Hasegawa surgit de la forêt. Il brandissait son sabre et s'avançait vers ses adversaires avec un calme terrifiant. Cette fois, Manju préféra détourner son regard.

6
La promesse du voleur

Hasegawa s'apprêtait à combattre, et Manju retenait son souffle. C'est alors qu'il vit une femme qui entrait dans l'une des huttes.

Manju se glissa hors de sa cachette, saisit le premier bâton solide qu'il trouva et se faufila jusque-là.

Entre les branchages, Manju put apercevoir une nourrice qui s'apprêtait à allaiter un bébé, sans aucun doute le bébé de dame Otsu. Malgré l'interdiction des samouraïs, il décida d'agir.

Les branchages de la hutte étaient grossièrement tressés et Manju put aisément y percer un trou. Comme une anguille, il se glissa dans l'habitation. Malheureusement, la nourrice n'était pas seule : un des brigands se tenait près de l'entrée de la hutte.

L'homme tournait le dos, concentré sur la bataille du dehors. Manju réfléchit vite : il fallait assommer le garde. Il serra son bâton et, rassemblant tout son courage, il s'avança vers lui, décidé à le frapper violemment. Mais, au même moment, n'y tenant plus, le garde se précipita hors de la hutte pour prêter main-forte aux autres brigands ! Pour son malheur, ce fut le sabre d'Hasegawa qui l'accueillit.

La nourrice avait vu Manju, et elle tremblait pour sa vie.

– N'aie crainte, dit-il à la nourrice, si tu me suis avec le bébé, il ne t'arrivera rien. Je le jure sur ma vie !

La femme hésitait. Manju saisit sa main et l'entraîna à sa suite. Mais comme elle était trop grosse pour passer à travers le trou, ils n'eurent d'autre solution que de passer par l'entrée.

En découvrant Manju avec la femme et le bébé, les deux samouraïs se jetèrent un regard. Un regard surpris, mais qui semblait dire : « Tout va bien, le bébé est sauf. »

Les deux samouraïs étaient toujours encerclés par les bandits et le combat continua de plus belle. Manju ne devait plus compter que sur lui-même, et courir le plus loin possible. Pour laisser à Manju le temps de fuir, les samouraïs lancèrent un cri et se jetèrent avec une fureur redoublée sur les pillards.

Manju haletait, il avait pris le bébé contre lui pour être sûr que le précieux chargement ne lui échappe pas. La nourrice, essoufflée, courait derrière lui, se raccrochant à la promesse faite par le garçon de la laisser en vie.

À l'extérieur du cratère, les chevaux n'avaient pas bougé. Manju hésita : devait-il attendre que les samouraïs reviennent ? N'était-ce pas risqué ? Manju finit par pousser la nourrice sur un des chevaux et grimpa devant elle, le bébé serré dans son kimono. Quoi qu'il arrive, il fallait ramener ce bébé à dame Otsu. Manju partit au galop.

Quelques secondes plus tard, Akira, échevelé, dépenaillé, l'œil noir, rejoignit enfin Manju.

– Et Hasegawa ? cria Manju. Où est Hasegawa ?

Akira se rapprocha au plus près de Manju, vit le bébé paisiblement endormi et hocha la tête avec un grognement.

Il n'ajouta rien d'autre. Sans se retourner, le petit groupe poursuivit sa course.

7
L'honneur de Manju

Akira et Manju chevauchèrent un moment sans dire un mot. Pour une fois, Akira parla le premier :

– Tu as fait du bon travail, dit-il à Manju. Mais pourquoi as-tu emmené la femme ?

– J'ai vu trop de morts et je ne voulais pas qu'elle soit tuée, répondit le garçon. Je lui ai dit qu'elle serait bien traitée… Je l'ai juré sur ma vie !

Akira s'écria :

– Es-tu fou ? Comment as-tu pu dire une telle chose ? Si tu ne peux pas tenir ta promesse, tu y perdras la vie…

Manju était trop triste pour retenir plus longtemps sa colère :

– Je ne suis peut-être pas un samouraï, cria-t-il à son tour, mais j'ai le sens de l'honneur, moi aussi !

Akira était décontenancé. Mais, après un moment, il finit par dire :

– Je parlerai à dame Otsu. Tu as sauvé son bébé, elle saura être reconnaissante.

– Et Hasegawa ? osa enfin demander Manju.

– Hasegawa était un samouraï. Il a vécu en samouraï et il est mort dans l'honneur. Tu devrais te réjouir pour lui.

Manju ne voyait là rien de réjouissant et il laissa échapper des larmes.

Akira sourit et ajouta :

– Moi aussi, je sais être reconnaissant. Si tu le désires, Manju, tu peux rester à mon service. Tu seras à l'abri et ton ventre sera toujours plein.

Manju écarquilla les yeux, il se sentait bouleversé, sa tristesse se mélangeait à sa joie. Alors, il entendit le grand rire d'Akira :

– Par le dragon, de toute ma vie c'est bien la première fois que je m'inquiète pour quelqu'un !

Manju sourit à son tour, son cheval trottait et, devant lui, le paysage s'étendait, vaste et plein de promesses.

Achevé d'imprimer en février 2008 par Oberthur Graphique
35000 RENNES – N° Impression : 8343
Imprimé en France